Die

verschiedenen Style der Ornamentik.

I. Der antike Styl.

Programm

zur Schlußfeier des Schuljahres 18$^{63}/_{64}$

von

Berth. Joseph Krug.

Bamberg, 1864.

Druck von J. M. Reindl.

Zu den hervorragendsten Erscheinungen der gegenwärtigen Zeit gehört gewiß die bedeutende Kraftentwicklung, mit welcher sich Industrie und Gewerbe zu ausgezeichneten Leistungen zu erheben suchen. Der seit einer Reihe von Jahren mehr und mehr zunehmende Wohlstand, die fortschreitende Bildung, der rege, sich immer weiter entwickelnde Verkehr — Alles trägt dazu bei, die industrielle Thätigkeit zu der vielseitigsten Entfaltung ihrer Erzeugnisse anzuspornen.

Mit diesem allgemeinen Aufschwunge mehren sich aber auch die Ansprüche, welche an die gewerblichen Produkte nicht nur in Bezug auf solide und sorgfältige Ausführung, sondern noch ganz besonders auf Schönheit und Vollendung der Form gemacht werden. Die Franzosen haben sich in dieser Beziehung, man kann sagen, einige Jahrhunderte hindurch beinahe ein Monopol erworben, und machen noch immer die größten Anstrengungen, in der Richtung des Geschmackes den Ausschlag zu geben und für ihre Kunstindustrie den Weltmarkt zu beherrschen. Wenn auch in den letzten Jahrzehnten außerordentlich Vieles in Deutschland geschehen ist, einen nachhaltigen Einfluß der bildenden Kunst auf die Gewerbe zu begründen, und die deutsche Kunstindustrie auf den jüngsten großen Weltausstellungen sich in manchen Zweigen die Palme errang, so bleibt ihrer Strebsamkeit im Ganzen und Großen noch immer ein weites Feld geöffnet. Nichts aber kann für die Bildung des Geschmackes der Gewerbtreibenden von größerer Wirkung sein als die Anschauung, als Mustersammlungen anerkannt schöner Modelle, Geräthe und Schmuckgegenstände aus den verschiedensten Perioden in den manchfaltigsten Geschmacksrichtungen. Das Ausland ist auch hierin Deutschland voraus, und erst in neuerer Zeit hat man in Wien angefangen, eine größere Sammlung nach Art des South-Kensington-Museums in London zu begründen, indem aus den verschiedenen Staatssammlungen alles dahin Bezügliche in einer Lokalität vereinigt worden ist, und viele reiche Privateigenthümer seltener und schöner Industrieerzeugnisse gerne bereit waren, ihre Schätze mit Vorbehalt des Eigenthumsrechtes der neuen Anstalt einzuverleiben. Durch Abgüsse und Nachbildungen von solchen Gegenständen, die nicht leicht in Besitz zu bekommen sind, sucht man das Museum fortwährend zu erweitern und zu vervollständigen. Sollten sich nicht Einrichtungen dieser Art in jeder größeren Stadt verwirklichen lassen? —

Aber auch gemeinfaßliche kunstwissenschaftliche Abhandlungen dürfen für solche und ähnliche Anstalten nicht fehlen; sie müssen Leitfäden werden zum richtigen Verständnisse alles dessen, was dem Kunstgewerbe Bedeutung und Leben verleihen kann, und auch der kleinste Versuch in dieser Art wird sicherlich guten Boden finden und nimmermehr fruchtlos bleiben. Jeder die höheren Gewerbe Betreibende sollte auf das Genaueste die Mittel kennen, die ihm auf dem Gebiete der Kunst zu Gebote stehen, um die Formen seiner Schöpfungen verfeinern und veredeln zu können, und wie der Künstler die Geschichte seiner Kunst, so müßte eigentlich auch der Gewerbtreibende ein Bild der Kunstindustrie aller Zeiten vor Augen haben und überschauen. Da nun die Ornamentik vor allem das Bereich ist, in welchem sich Kunst und Gewerbe auf die innigste Weise begegnen, so mag nachfolgende Abhandlung über die verschiedenen Style derselben als ein kleiner Beitrag in dieser Richtung angesehen werden.

Unter Ornamentik, welches Wort im Deutschen recht gut durch Schmuckwerk oder Zierwerk zu ersetzen wäre, versteht man im Allgemeinen die Verzierungen, womit unsere öffentlichen und Privatgebäude, unsere Wohnungen, Hausgeräthe u. dgl. bekleidet, und welche dazu bestimmt sind, die verschiedenen Hauptformen derselben zu unterscheiden oder zu verbinden, sowie ihren Gestaltungen höhere Schönheit zu verleihen.

Von den ältesten Zeiten an entwickelte sich diese Ornamentik vor Allem an der öffentlichen Baukunst, und die Verbindung der Linien und Formen des architektonischen Ornaments wurde maßgebend auch für alle jene Gegenstände im Leben, die durch Schmuck einer Veredlung und Verschönerung fähig waren. Deßwegen bildet auch das architektonische Zierwerk die ganze Grundlage in diesem Fache, und die genaue Kenntniß der Hauptformen desselben befähigt vollkommen zum sicheren Verständniß aller seiner Erscheinungen und der verschiedenen Arten seiner Anwendung.

Es ist von hohem Interesse den ganzen weiten Kreis, welchen die Ornamentik durch Jahrtausende eingenommen und beschrieben hat, zu überschauen, in demselben die ersten Kulturäußerungen der ältesten Völker zu begrüßen und durch alle Epochen zu verfolgen. Der Reichthum auf diesem Felde ist außerordentlich; er umfaßt alle Kulturstufen, die Bedürfnisse jeder Zone, die Eigenthümlichkeit aller Materialien.

Sowie sich Heimath, Klima, Erziehung u. s. w. bei jedem Volke in einem besonderen Charakter ausprägen, sowie es seine eigene, es vor anderen Völkern unterscheidende Literatur und Kunst entwickelt, ebenso entschieden spricht sich auch in seiner Ornamentik diese Eigenthümlichkeit aus; ja selbst wenn ein nachfolgend emporblühendes Volk die Formen eines früheren aufnimmt, so verwerthet es dieselben doch immer in seiner eigenen Weise und drückt ihnen seinen besonderen Stempel auf. Diese Eigenthümlichkeit ist es, die man unter dem Worte Styl (wörtlich: Schreibart) begreift. Man spricht von einem griechischen, byzantinischen, gothischen Style u. s. f. und kann, indem man die ältesten Völker gänzlich außer Bezugnahme läßt, ähnlich den großen Kulturepochen der Geschichte, im Allgemeinen drei Hauptstyle in der Ornamentik annehmen:

I. den antiken Styl, worunter die Kunstweise der Griechen und ihrer Nachfolger, der Römer, verstanden wird,

II. den mittelalterlichen Styl, in seinen Unterabtheilungen, dem byzantinischen, romanischen und gothischen Style, und

III. den Styl der Renaissance, welcher wieder an die Epoche der römischen Kunst anknüpft und später in dem Roccoco seinen Abschluß findet.

Ehe wir aber an unsere eigentliche Aufgabe, die Darstellung des antiken Styles übergehen, muß noch hervorgehoben werden, daß dem Worte Styl, nebendem daß es einen entschieden ausgeprägten Charakter der Kunstweise eines Volkes und einer bestimmten Periode bezeichnet, auch noch eine weitere Bedeutung innewohnt. Styl, Stylisiren heißt in der Kunst auch die Art, wie ein Gegenstand in einer bestimmten, abgemessenen Weise dargestellt und in dem verschiedenen Material ausgeführt ist. Die großartigen Linien und einfachen Formen eines griechischen Tempels zum Beispiele, an welchem alles nach Maß und gegenseitigem Verhältniß abgewogen erscheint, würden es unmöglich vertragen haben, wenn man zu ihrem Schmucke die scheinbar so ungebunden gestalteten Pflanzentheile unmittelbar, wie sie die Natur darbietet, hätte nachahmen wollen. Sie sind daher, obwohl in ihrer charakteristischen Gestaltung beibehalten,

in strengere und regelmäßigere Linien gefaßt, und in ihren Formen mit dem Ganzen, auch in Berück-
sichtigung ihrer Wirkung bezüglich des Lichtes, Schattens und der Mitteltöne, in die vollendetste Harmonie gebracht. Styl in diesem Sinne heißt dann die läuternde und erhebende Veränderung, die mit
dem natürlichen Gegenstande durch den Einfluß der Kunst vorgegangen ist.

Treten wir nun an unseren eigentlichen Gegenstand heran, und schauen auf die ältesten Völker
und zu den frühesten Kulturepochen zurück, so werden wir die Wahrnehmung machen, daß uns aus
jener Zeit nur wenige Ueberbleibsel erhalten, und daß diese nicht der Art sind, unserer Kenntniß eine
große Bereicherung zu gewähren. Selbstverständlich bestehen die Anfänge alles Schmuckwerkes in verschiedenen Verbindungen gerader und weiterhin in Zusammensetzungen gerader und bogenförmiger Linien.
Selbst die Indier, eines der ältesten Kulturvölker der Erde, sind nicht viel darüber hinausgekommen.
Die Ornamente, die sich in ihren Felsentempeln und Grotten erhalten haben, sind Zusammenstellungen
von geraden, parallelen im Winkel zusammenlaufenden und gekrümmten Linien, Punkten oder diamantför-
migen Steinen, die alle auf das Feinste juwelierartig ausgearbeitet, mit einander verbunden und im
Uebermaße angebracht wurden. Pflanzenformen findet man unter den Verzierungen dieser Monumente
kaum; sie gehen von den Zusammenstellungen von Linien und wulstigen oder flächeren Formen unmittelbar zu Thiergestalten über.

Während die Indier die Felsen selbst zu Tempeln umschufen, konnten bei den Babyloniern, wegen
des Mangels von Bruchsteinen und der ausschließlichen Anwendung des Ziegelbaues, kaum zarte Formen
und feine Gliederungen aufkommen. Hier herrschte das geradlinige Element vor; ihre öffentlichen Bauten waren in der Regel ohne Säulen und Steinarbeit, und die Wände derselben nur durch farbige
Glasuren der Ziegel geschmückt. Als eine besondere Art von Verzierungen erscheinen in dieser Beziehung
bei ihnen kleine Kegelformen von glasirter Bodenfläche, welche in die Stuckbekleidung mit der Spitze
eingedrückt wurden, so daß die aneinandergereihten Bodenflächen die Ornamentlinien bildeten.

Bei den Juden, einem anderen alten Kulturvolke, war mehr der Holzbau einheimisch, und schon
in der Bibel lesen wir, wie viele Cedernstämme zum Tempelbau nach Jerusalem gebracht wurden. Die
Wände des letzteren, welche nicht ganz aus Stein gebaut und mit Brettern bekleidet waren, sind von
langen mit Granatäpfeln geschmückten goldenen Ketten umzogen, und überall machte sich der Metall-
glanz geltend. Stets ist in den übrig gebliebenen Schriften, die über dieses Volk Nachricht geben, von
Belegen mit Goldplatten, von kostbarem Holz und von Teppichen und Vorhängen die Rede, wenn etwas
als besonders geschmückt bezeichnet werden sollte.

Mit der Nebeneinanderstellung dieser ältesten Kulturvölker ist zugleich hervorgehoben, welchen
Einfluß das Material bei der Anwendung der Ornamentik ausübt.

Die Aegypter sind das erste der alten Völker, von welchem wir große Ueberreste von Bauwerken,
sowie eine genauere Kenntniß derselben besitzen und daher ihre Kunstweise auch besser beurtheilen können.
Allein auch sie dürfen für den gegenwärtigen Zweck weniger in Betracht kommen, und nur vorüber-
gehend um des Zusammenhangs willen angeführt werden. In ihrer Architektur kommt der Pflanzen-
schmuck bereits in ausgedehnter Art zur Anwendung. Die Knäufe (Kapitäle) der Säulen ihrer Tempel
sind von Palmenblättern umgeben, und häufig ist der untere Theil der Wände derselben mit einer Verzierung geschmückt, die aus einer Reihe von aufrechtstehenden Lotuspflanzen besteht, welch letztere überdies
eine symbolische Bedeutung bei ihnen hatten. So regelmäßig und strenge die ägyptische Baukunst ist, so

kennt sie doch kaum frei erfundene geometrische Verzierungen, sondern findet ihren Hauptschmuck in außerordentlich häufig angebrachten figürlichen Darstelluugen aus der Götterlehre oder der Geschichte Aegyptens, vor Allem aber in den überall angewendeten Hieroglyphen. Letztere bestehen aus verschiedenen bildlichen Zeichen und Figuren, namentlich Instrumenten, Kriegs= und Hausgeräthen, Thieren, Theilen des menschlichen Körpers u. s. w., die reihenweise neben= und untereinander oft ganze Wände bedecken, und häufig auch an den Säulen selbst angetroffen werden. Sie sind eine Art von Bilderschrift, und enthalten Lob= und Weiheformeln der Fürsten, geschichtliche Denkwürdigkeiten u. dgl., deren Entzifferung in den ersten Jahrzehnten unseres Jahrhunderts begonnen und seit der Zeit immer größere Fortschritte gemacht hat.

In neuerer Zeit ist eines der hervorragenderen alten Völker in kunstgeschichtlicher Beziehung zur Bedeutung gekommen, von dem noch die jüngsten Kunstschriftsteller wenig zu sagen wußten, oder dasselbe gänzlich unerwähnt ließen, nämlich die Assyrier. Man hat in den letzten Jahren eine Reihe von Monumenten dieses Volkes aufgefunden, die Bildwerke desselben zum großen Theil nach England gebracht, und fortwährende Nachforschungen bringen alljährlich neue Sendungen. Diese Werke, deren Erscheinung eine ganz neue Bearbeitung und Beurtheilung der älteren Kunstgeschichte hervorrufen muß, tragen sowohl in ihren figürlichen, wie in ihren architektonischen und ornamentalen Theilen (selbst den Schlangeneiern, Palmetten und der jonischen Schnecke an dem Knäufen begegnet man schon an diesen Ueberbleibseln) vollständig den Charakter der frühesten griechischen Kunst und rufen die Ueberzeugung hervor, daß die Griechen nicht so unmittelbar in ihren ersten Schöpfungen waren, oder blos Einzelnes, wie man früher annahm, von den Aegyptern überkamen, sondern daß sie bereits in einigen asiatischen Völkern ihre Vorbilder auf dem Gebiete der Kunst erblicken konnten. Das außerordentliche Verdienst aber wird den Griechen immer bleiben, diese Formen in ein System gebracht, mit ihrem Geiste durchdrungen, mit ihrem Schönheitssinne geadelt und der Vollendung entgegengeführt zu haben.

Es würde zu weit gehen, der stufenweisen Entfaltung der griechischen Kunstweise zu folgen. Für den hier gegebenen Zweck wird das Ergebniß genügen.

Oben schon war davon die Rede, daß die verschiedenen Formen der Ornamentik in der Architektur ihre Grundlage haben, daß sie sich an derselben entwickelten und heranbildeten. Die öffentlichen Gebäude, vor Allem die Tempel ihrer Gottheiten, machten die höchste Aufgabe der Kunst bei den Griechen aus, und ihr ganzes Streben gipfelte in dem Endziele, denselben die größte Schönheit und Vollendung zu geben. Während wir bei verschiedenen der früheren Völker gesehen haben, daß sie in einer Ueberladung von Verzierungen, oder in der Kostbarkeit des Materials das Höchste in dieser Beziehung zu erreichen strebten, weiß das herrliche Volk der Griechen in Allem wunderbar Maß zu halten und nur in der reinen Schönheit der Form die Vollkommenheit zu suchen und zu finden.

Ehe wir ganz an unsere Aufgabe gelangen, müssen wir auch noch die sogenannten architektonischen Ordnungen wenigstens in Erwähnung bringen. Die griechische Architektur beruhte vorzüglich auf dem Säulenbau, der sich nach und nach in drei verschiedenen Weisen: in einer einfachen und ernsten, in einer leichteren und anmuthigen und in einer zierlichen und schmuckvolleren entwickelte. Sie sind unter dem Namen der dorischen, jonischen und korinthischen Ordnung bekannt. Der Fuß der Säule, so wie ihr oberes Ende, der Knauf oder das Kapitäl genannt, ebenso der Aufsatz oberhalb des Knaufes, welcher das Gebälke heißt, und über welches sich dann der Giebel erhebt, sind durch verschiedene Gliederungen unb Stäbe besäumt unb verbunden, die besonders in der jonischen unb korinthischen Ordnung reich durch Ornamente geschmückt wurden. Diese Verzierungen sind immer der Art, daß sich die Hauptlinien der Gliederungen in ihnen wiederholen, daß sie gleichsam organisch an ihnen entstehen; unb gerade in der Wahl unb Erfindung solcher Formen ist die Feinheit des griechischen Gefühls, sowie die Empfänglichkeit dieses Volkes für das Gemäßigte unb Anmuthige bewundernswürdig. Stets bleiben die Verzierungen dabei dem Hauptzwecke des Kunstwerkes untergeordnet; sie schmücken die architektonischen Glieder, indem sie ihre Bedeutung nicht verkümmern unb schwächen, sondern im Gegentheile hervorheben.

Unter den Pflanzenblättern unb Blumen, welche wir in der Ornamentik der Griechen wiederfinden, ragen besonders die Blätter, Stengel unb Knospen der Akanthuspflanze (Bärenklaue) hervor, die sich durch ihre vollen breiten Formen vortrefflich dafür eignete. Ferner sind die Distel, die gezackte Aloë, das Schilfblatt, die Lotus= unb die Geisblattblume sehr wohl erkennbar. Seltener erscheint der Lorbeer, das Epheu= unb das Weinblatt.

Zu den einfachsten der griechischen Ornamente gehören die sogenannten Herzblätter, welche aneinander gereiht, gewöhnlich die wellenförmigen architektonischen Glieder zieren. Auf den beigegebenen Tafeln, welche sich natürlich nur auf die Nachbildungen der Haupt= unb Fundamentalformen des griechischen Schmuckwerkes beschränken, ist Tafel I, Fig. 3 eine Darstellung davon gegeben, an welcher zugleich durch den Abschluß der einen Seite die Neigung der Wellenform hervortritt. Das Verhältniß von Mitte zu Mitte jedes einzelnen Blattes ist nahezu der Höhe des architektonischen Gliedes gleich, unb zwischen je zwei Blättern befindet sich ein auf der Spitze stehender Fruchtkern, dessen Breite etwas weniger als die Hälfte eines Blattes ausmacht. Eine noch einfachere Form dieses Ornaments, wie dasselbe häufig an einzelnen bogenförmigen Gliedern mit Farben aufgemalt wurde, — während das schon besprochene stets plastisch, d. h. an der Fläche hervortretend, gearbeitet ist — erscheint Fig. 1 abgebildet. Für ein anderes architektonisches Glied, den sogenannten Viertelsstab (weil seine Ausbiegung einen Viertelskreis beschreibt) bilden die Schlangeneier das herrschende Ornament. Das gewöhnliche Verhältniß dieser, Fig. 8 abgebildeten, außerordentlich häufig vorkommenden Verzierung stellt sich dermassen, daß die Breite von der Mitte eines Eies zum anderen der Höhe des Gliedes entspricht. Die Breite eines Eies ist der halben Theilung, der Raum zwischen zwei Eiern der Breite eines Eies gleich), unb theilt man letzteren in drei Theile, so bestimmt der mittlere das Maß für die Schlangenzunge unb die beiden anderen für die Einfassung, für die Schale des Eies. Das Blatt, womit auf der Abbildung, wie dies auch bei den Herzblättern der Fall war, das Ornament beginnt, macht die Begränzung des Gliedes aus, wenn es um eine Ecke biegt, unb läßt zugleich die Ausladung desselben erkennen. Erwähnt mag noch werden, daß wenn diese Verzierung, was beinahe immer der Fall, erhaben gearbeitet ist, die Eier rund unb die Einfassungen meistentheils flach erscheinen. Ein anderes Ornament, von welchem Fig. 9 eine Abbildung gibt, ist in der Regel unterhalb der Schlangeneier zu finden, unb heißt der Perlenstab. Länglichrund gearbeitete Formen, die Perlen ähneln, sind aneinander gereiht unb die Räume zwischen ihnen werden durch je zwei Scheiben ausgefüllt. Unter die Mitte jedes Schlangeneies unb unter jede Schlangenzunge trifft ein solches Scheibenpaar, unb entscheidet zugleich das Verhältniß des Ornaments nach der Breite, während die Höhe der Perlen von dem architektonischen Gliede, dem Stäbchen, bestimmt wird.

Es wäre vielleicht wünschenswerth gewesen, auch die Profilirungen (Ansichten der Durchschnitte von der Seite, oder von Oben) dieser Zierwerke wieder zu geben, allein theilweise ist dies in Berücksich=

tigung des gegebenen Raumes unterblieben, theilweise auch deßwegen, weil dieselben zur Bezeichnung des Charakters und Styles gerade nicht unumgänglich nothwendig sind.

Verzierungen, die aus geraden Linien zusammengesetzt und häufig an den Platten= oder Bandgliedern angebracht wurden, erscheinen in sehr verschiedenen Verschlingungen, von denen Fig. 5 und Fig. 10 einige darstellen. Sie sind unter dem Namen der griechischen Mäander bekannt. Auch in runder Form, wie in Fig. 11 eine derselben zu sehen ist, kommen solche Bandverschlingungen vor, und ebenso hin und wieder dachziegelartige Formen, wie in F. 6 und 7, die aus geraden oder gebogenen Linien zusammengesetzt sind und alsdann in der Regel vertiefte, von zwei Streifchen eingefaßte Flächen schmücken. Beinahe alle diese Bänderornamente sind flach gearbeitet und nur wenig über ihrer Unterlage erhaben.

Eine Hauptform der griechischen Ornamentik bildet das spiral= oder schneckenförmig gewundene Band F. 2., welches in der abgebildeten Gestalt, zumeist aber mit dem Akanthusblatte, oder in Verbindung mit anderen Blattformen und in den verschiedenartigsten Abwechselungen beinahe immer wiederkehrte. Wir sehen dies bereits in dem nächsten, reicher ausgestatteten Ornamente, welches die Griechen Anthemion, Blumengewinde, nannten und außerordentlich häufig und in vielen Abweichungen zur Anwendung brachten. Darstellungen desselben sind F. 13 und 14 gegeben, und es entfaltet letztere, vom Portikus des Tempels der Minerva Polias in Athen, die einfacheren und schöneren Formen. Wellenförmig gewundene Bänder, Ranken, oder Sprossen haben an zwei Stellen Absätze, an denen sich Distel= oder Aloëblätter mit der Fortsetzung des Bandes und seinem Abschlusse in einer Schneckenform entwickeln. Diese Schnecken sind aneinander gereiht und tragen bei ihrem jedesmaligen Zusammenstoße Aloëblätter, aus welchen sich eine sogenannte Palmette erhebt. Solche Palmetten bestehen aus einer Anzahl sich fächer= oder palmenartig entfaltender, oftmals enge untereinander verbundener, meist aber getrennt stehender länglicher Blätter, deren Gestalt oben rund, spitzig und auch umgebogen vorkommt, und welche fast immer den Lotus= oder Geisblattblumen nachgebildet sind. Alle diese Formen sind mehr oder weniger erhaben gearbeitet, die Blätter und Ranken entweder flach gehalten, oder sie haben der Länge nach in der Mitte eine erhöhte Kante, und noch häufiger entgegengesetzt eine Vertiefung, einen sogenannten Kanal. Das Anthemion schmückt wellen= und bandförmige Glieder, und sein Verhältniß gestaltet sich meist derartig, daß die Weite von einer Blumenmitte zur anderen, oder auch eine etwas geringere, die Höhe des Ornamentes ausmacht.

Es ist schon erwähnt worden, daß das Akanthusblatt besonders häufig angewendet worden ist. Es umgibt, in der Art, wie es F. 12 darstellt, das korinthische Kapitäl und schmiegt sich mit Stengeln und Knospen an die Platte, welche dasselbe bedeckt. Das Akanthusblatt und die spiral= oder schneckenförmig gewundenen Ranken bilden die Hauptformen des ganzen griechischen Schmuckwerkes. Sie sind an jedem reicheren Ornamente anzutreffen, aber immer anders zusammengestellt, immer wieder auf eine ansprechende, sich organisch entwickelnde und vollkommen harmonisch durchgebildete Weise. Betrachten wir einmal F. 16, welche, dem Kapitäle eines Pilasters (Wandstreifen) aus dem Tempel des Apollo Dydimäus in Milet entnommen, eines der reichsten griechischen Bildwerke, die uns erhalten sind, wiedergibt, und wenn wir die Hauptbestandtheile desselben beachten und ihre Zusammenstellung mit Aufmerksamkeit verfolgen, so wird uns die Verbindungsweise der griechischen Ornamentik vollständig klar werden. Aus einer Gruppe von Akanthusblättern erstehen zwei Hauptstengel, die sich nach beiden Seiten ausbreiten, in wiederkehrenden Absätzen oder Knoten immer neue Blätter und Schneckenwindungen entwickeln und zuletzt mit einigen Blumenformen abschließen. Beide symetrische Seiten sind in der Mitte durch eine Geisblattblume bekrönt.

Eine andere, eben so reiche Verzierung, welche zugleich einen Beleg gibt, wie schön die Griechen die Thiergestalt in die Ornamentik zu verweben wußten, ein Kapitäl aus dem Tempel der Ceres in Athen, ist F. 12 abgebildet. Bei ihrer Auffindung waren die beiden Greife, welche die Ecken bildeten, zerstört und nur noch die Flügel erhalten; sie wurde indeß von dem verstorbenen Oberbaurathe Schinkel in Berlin im Geiste der Antike ergänzt. Von größeren Massen in seinen äußeren Theilen begränzt, entfaltet dasselbe gegen die Mitte immer feinere Stengel, Blätter und Schneckenwindungen auf die anmuthigste Weise, bis dieselben zuletzt in den obersten Zweigen und Blüthen ihren Abschluß. und beide Hälften durch eine Lotusblume ihre Verbindung erhalten. Man kann unmöglich etwas Reizenderes in dieser Art erfinden, und darf neben der Bekrönung am choragischen Monumente des Lysikrates, dieses Ornament unbedenklich für das Schönste erkennen, das uns von den Griechen erhalten ist.

Noch erscheint in F. 15 der Theil einer Giebelverzierung abgebildet, an welcher, neben der eigenthümlichen Blattbildung mit umgestülpten Spitzen, die Entwicklung der verschiedenen Spiral= oder Schneckenwindungen an den Absätzen des Stengels vollkommen veranschaulicht ist. Den Abschluß der Schnecken bilden an diesem Ornamente, welches übrigens seinen beinahe etwas überladenen Formen nach schon einer späteren Zeit angehören muß, sogenannte Rosetten, deren Erscheinen im griechischen Schmuckwerke nicht selten ist. Eine der einfachsten, beinahe geradlinig und sternförmig gehalten, wie die Rosetten gewöhnlich aufgemalt wurden, ist F. 4 dargestellt. Am meisten kamen die Rosetten mit 6 Blättern, in der Form derjenigen an dem zuletzt erwähnten Ornamente vor, aber auch mit 4, 5, 8 und mehr, entweder runden, oder spitzigen Blättern treten sie auf.

Ueberblicken wir noch einmal den Kreis, in welchem sich die griechische Ornamentik bewegt, so werden wir die Ueberzeugung gewinnen, daß es nur wenige und einfache Formen sind, die eigentlich die Grundlage derselben ausmachen; daß dieselben aber mit außerordentlichem Verständniß angewendet, von griechischem Geiste belebt, dennoch einen großen Reichthum der verschiedenartigsten Gestaltungen einschließen, und daß die Griechen, wie in ihrer Literatur und Kunst, auch hier, in einem weniger bedeutsamen Zweige, als unerreichbare Vorbilder für alle Zeiten dastehen.

Die Blüthe Griechenlands fällt beiläufig 450 Jahre vor unserer Zeitrechnung. Durch die beständigen Kriege, welche die einzelnen Stämme miteinander führten, die überdies eine Einmischung angränzender Staaten in ihre Angelegenheiten hervorriefen, gingen die Griechen mehr und mehr ihrem Verfall entgegen, während sich ein anderes Volk, die Römer, von kleinen Anfängen zu einer noch nicht dagewesenen Macht erhob, und nach und nach die meisten damals bekannten Völker unter seine Herrschaft brachte. Auch die Griechen theilten endlich dieses Loos und mußten es geschehen lassen, daß der größte Theil ihrer Kunstschätze nach Rom wanderte. Aber auch griechische Künstler wurden in Menge dorthin gezogen, und indem man sie bei Errichtung öffentlicher Bauten und Kunstwerke verwendete, verbreitete sich zugleich griechische Kunst und griechische Bildung.

Wenn auch die Römer die griechische Kunstweise in ihrem ganzen Umfange aufnahmen, so verwebte sich doch sehr bald so viel von der Eigenthümlichkeit dieses Volkes mit derselben, daß daraus eine einigermaßen neue Stylart erstehen konnte, deren Blüthe so ziemlich mit dem Beginne unserer Zeitrechnung zusammenfällt.

Die meisten Veränderungen, welche die griechischen Formen unter den Römern erlitten, entstanden daraus, daß die ursprüngliche Bedeutung der architektonischen Glieder und ihrer Ornamentik, die Zwecke der Konstruktion mit organischer Lebendigkeit hervorzuheben, nicht mehr eingehalten wurde, und die Ornamentik als bloßer Schmuck fast nur zur Darlegung des Reichthums und römischer Prachtliebe diente. Ganz bezeichnend in dieser Beziehung erscheint das Unternehmen, ein neues Kapitäl zu bilden und in einer sehr gesuchten Verbindung des jonischen mit dem korinthischen Knaufe zum Ausdrucke zu bringen. Dieser Neigung zu einer verschwenderischen Pracht entsprechend, kam noch der Umstand hinzu, daß mit der Einführung des gewölbten Bogens in die Architektur der Ornamentik neue Räume für ihre Anwendung erschlossen wurden.

Wenn man auf Taf. II, Fig. 17, 18 und 19, die Herzblätter, Schlangeneier und den Perlenstab betrachtet, so werden bereits die Abweichungen, welche diese Verzierungen von den griechischen gleichartigen Formen nehmen, auffallen. Sie sind im Allgemeinen in's Breite gezogen, und bei den Schlangeneiern, deren Gestalt mehr bauchicht ist, wurden die Zungen fast pfeilförmig gebildet.

Die Bandverschlingungen, sowohl die geradlinigen, als bogenförmigen, kommen auch in der römischen Ornamentik vor, und erscheinen dieselben häufig reicher verschlungen, so wie nicht selten noch durch eingesetzte Rosetten geschmückt.

Für die wellenförmigen architektonischen Glieder brauchen die Römer Zusammenstellungen, wie F. 23, 25 und 20, am häufigsten aber F. 21. Welch' ein Unterschied, wenn man das zuletzt genannte Ornament mit den reizenden und anmuthigen griechischen Formen vergleicht! Zwischen besäumten, aus Bogenstücken zusammengesetzten Bändern erscheinen abwechselnd aufwärts und abwärts gerichtete, glockenförmige Blumen, deren Gestalt, fast möchte man sagen, schon an etwas Plumpes anstreift und deren Umrisse jene zarten, fein geschwungenen, die Formen unabänderlich feststellenden Linien, wie wir sie an den griechischen Schöpfungen sehen, gänzlich entbehren. Schönere, der griechischen Kunstweise näher stehende Formen erblicken wir in F. 25, welche das griechische Anthemion nachahmt, das dem Tempel des Kastor und Pollux in Rom entnommen ist. Wellenförmig geschlungene, an ihren Enden mit Rosetten geschmückte Bänder sind in einer Reihe mit einander verbunden, bilden an diesen Verbindungen abwechselnd eine abwärts gerichtete Geisblattblume und eine aufwärts stehende Blattgruppe, aus welcher nach beiden Seiten Tulpen neigen, die wieder einzelnen Blättern und einer Ranke mit Träubchen zur Entwicklung dienen. Letztere Zusammenstellung muß man als unschön, einer organischen Entwicklung widerstrebend bezeichnen, und würden sich die Griechen eine solche nie erlaubt haben.

Eigenthümlich sind in der römischen Ornamentik die Palmetten, wie Fig. 23, gestaltet, und treten mit ihren verkröpften Blättern, namentlich in späterer Zeit, außerordentlich häufig in Verbindung mit andern Ornamenttheilen auf.

Vollständig den römischen Charakter trägt die Darstellung der Hälfte eines, zur besseren Beurtheilung und Vergleichung in größerem Maße gezeichneten Ornaments, welches der Kirche St. Lorenzo in Rom, einem ehemaligen römischen Tempel, entnommen ist. Vergleicht man dasselbe mit dem auf T. I, F. 16 gegebenen griechischen Schmuckwerke, so werden die Unterschiede beider Bildungsformen entschieden hervortreten. Wenn gleich das römische Ornament beinahe ganz denselben organischen Entwickelungsgang verfolgt, so entfalten sich doch seine Verbindungen an den Absätzen, von denen überdies gar zu viele vorkommen, nicht mehr so schön und naturgemäß, die Blattgestaltungen sind schon etwas stumpf, die Formen nicht so rein und edel und nicht mit dem feinen Gefühle für die Harmonie der einzelnen Theile untereinander gegliedert, wie bei den Griechen. Trotzdem sind die römischen Ornamente immer noch von großer Schönheit, und was ihnen an Reinheit und Adel der Form, an Bestimmtheit und Eleganz der Linien abgeht, ersetzen sie theilweise durch große Manchfaltigkeit in den Gestaltungen, sowie an Entfaltung einer Menge von neuen Formen. Während die Griechen die Thiergestalt gerade nicht allzuhäufig anwendeten, nur manchmal ein Paar Löwen oder Greife zu beiden Seiten eines Kandelabers oder Ornamentes, ähnlich den Schildhaltern an den Wappen des Mittelalters anbrachten, sehen wir bei den Römern eine Reihe verschiedener Thiere, ja selbst die menschliche Gestalt immer häufiger in der Ornamentik auftreten. Einige Beispiele geben F. 20, 24, und T. III, F. 28.

F. 22 sind noch einige Akanthusblätter, deren Endspitzen dem Oelblatte gleichen, abgebildet, um auch diese Form, welche in Rom beinahe durchgängig als Schmuck für den korinthischen Knauf angewendet wurde, nicht unberücksichtigt zu lassen.

Die beiden Ornamente F. 20 und 24 gehören einer späteren Zeit an, und sind dem Forum des Nerva entliehen. Die Blattformen sind hier noch freier, man möchte sagen nachlässiger, behandelt, als an den früheren Werken, und F. 24 kann man ebendarum beinahe überladen nennen. Bei F. 20 tritt zum ersten Male die muschelartige Verzierung, wie sie nach und nach aus einer mit einem Reife umgebenen Palmette entstanden ist, in der abgeschlossenen Form auf, wie wir derselben später in der Renaissance, in welcher sie eine große Rolle spielt, wieder begegnen werden.

Noch erübrigt, ehe wir zum Schlusse einen Blick nach Pompeji wenden, der Rosetten zu gedenken, die in römischer Ornamentik sehr häufig und in den manchfaltigsten Gestalten in Anwendung kamen. Einige Beispiele bietet bereits F. 27; in F. 26 ist eine von den reicheren Zusammensetzungen wiedergegeben.

Im Jahre 79 unserer Zeitrechnung wurden durch einen außerordentlich heftigen Ausbruch des Vesuv mehrere römische Städte gänzlich mit Lava und Asche überdeckt, blieben lange darunter verborgen und kamen beinahe gänzlich in Vergessenheit, bis sich nach der Mitte des vorigen Jahrhunderts die ersten Spuren von denselben durch einen Zufall wieder auffanden. Seit der Zeit sind fortwährend Nachgrabungen veranstaltet, namentlich in Pompeji eine große Anzahl von Wohngebäuden, Tempeln u. s. w., ja ganze Straßen blosgelegt, und dadurch ein höchst genauer Einblick in die Art der Bauweise der Römer, ihrer Einrichtungen, Geräthschaften u. dgl. geboten worden. Eine große Menge der verschiedenartigsten Kunstwerke, welche bei dieser Gelegenheit zur Erscheinung kamen, sind, namentlich in Bezug auf Ornamentik, von höchstem Interesse.

Das Hauptsächlichste, was wir in dieser Beziehung in's Auge zu fassen haben, sind die Dekorationsmalereien, welche dort in großer Menge angetroffen werden. Gewöhnlich sind die Wände der einzelnen Gemächer in mehrere Vierecke, in deren Mitte sich ein Bild — meist ein mythologischer Gegenstand — befindet, eingetheilt, und nun von architektonischen Zusammenstellungen ganz eigener Art umgeben, die durch Säulchen und Stäbe oft in mehreren Abtheilungen übereinander gebildet, von Blättergewinden durchschlungen, und durch Giebel und Streifen miteinander in Verbindung gebracht werden. Alles ist hier in das Bereich des Zierwerkes gezogen; Blumen, Früchte, Geräthschaften, Waffen und Thiere, ja selbst die menschliche Gestalt erblickt man häufig auf ganz phantastische Weise und in heiterem Spiele mit dem Ornamente verbunden. Die leichte Grazie und liebliche Art dieser Verzierungen scheint einen bedeutenden Gegensatz zu den strengen Formen zu bilden, die wir bisher in der Ornamentik kennen gelernt haben, tritt aber dadurch wieder in das rechte Verhältniß zu jenen, wenn man sich vergegenwärtigt, daß nach ästhetischen Grundsätzen Zeichnung und Malerei zu einer freieren und leichteren Behandlung des Gegenstandes berechtigen.

Auf Taf. III, F. 28 ist eine der schönsten und geschmackvollsten Zusammenstellungen dieser Kunstweise dargestellt, welche den ornamentalen Karakter derselben vollständig erkennen läßt. Was in Bezug auf Reinheit und Adel der Form in der griechischen, im Gegensatze zur römischen Ornamentik eben gesagt wurde, kann auch für diese Zierwerke gelten. Sonderbarer Weise finden sich in ihnen schon Anklänge an den Styl der Renaissance, ja bei dem Ornamentstreifen, der die Seite einer Wand begränzt und F. 32 abgebildet ist, könnte man beinahe versucht werden, denselben für ein Erzeugniß jenes Styles zu halten.

Um auch einige Beispiele zu geben, wie die Ornamentik an den verschiedenen Geräthschaften zur Anwendung kam, sind zum Abschlusse die F. 29, 30, 31 und 33 gezeichnet worden.

F. 30 ist der obere Theil eines der schönsten von den hunderten von Kandelabern abgebildet, die in Pompeji, in der Regel in Bronze ausgeführt und zwischen 3 und 5 Fuß hoch, aufgefunden wurden, und zur Aufstellung von Oellampen dienten. Es ist nicht genug hervorzuheben, wie edel und rein die Hauptformen an demselben gestaltet, und wie vortrefflich deren Uebergänge durch einige Gliederungen vermittelt sind. Dem schönen und anmuthigen Schmuckwerke nach scheint dieser Kandelaber, sowie das F. 33 dargestellte Fußgestelle eines anderen, noch von einem griechischen Meister herzurühren. Daß die Anwendung anderer als der gewöhnlichen Blattformen doch die Grundanlage der antiken Ornamentik unverändert läßt, davon überzeugt die Abbildung F. 29 des unteren Theils einer großen Schale aus Terracotta, einer Art feiner, gebrannter Erde, welche durch Weinranken, Blätter und Trauben geschmückt ist. Wie den Griechen und Römern kein Geräthe des häuslichen Lebens zu unbedeutend war, um es durch die Kunst zu adeln, davon gibt der Henkel eines Gefäßes F. 31 einen überzeugenden Beweis.

Wenn man schon an diesen wenigen Gegenständen erkennen kann, welcher Schatz von schönen Gestaltungen, Formen und zierlichem Schmuckwerk in der Unzahl von antiken Geräthen niedergelegt ist, so gibt das Veranlassung, noch einmal auf den Ausgangspunkt dieser kleinen Abhandlung zurückzukommen, auf den außerordentlichen Werth von Sammlungen, wenigstens der von Abgüssen solcher Werke, hinzuweisen, und mit der Andeutung zu schließen, daß die Behandlung der Style des Mittelalters und der Renaissance späteren Programmen vorbehalten bleibt.

Anmerkung. Da die beigegebenen Tafeln in München lithographirt wurden, und daher die Uebertragung der Zeichnungen auf Stein nicht überwacht werden konnte, so haben sich hie und da einzelne kleine Fehler eingeschlichen; namentlich sind die Schlangeneier F. 18 gerade nicht in ihrem Charakter wiedergegeben.

Taf. III.
28.
29.
30.
31.
32.
33.